VIES DE CHATS
Cadavre exquis – collectif d'écriture

Illustration : Lise Larbalestrier
Textes :Marie Gellan,Mademoiselle Séraphine, Marie-Hélène Le Mouel, Fanny Le Rouhet, Chrsitine Ode et Stéphanie Desbonnet
Avec la collaboration de Eugenia T
T*ous droits réservés*©
Première édition 2024

EVEIL & VOUS EDITIONS
ISBN Editeur D/2024/14.946/10
ISBN 978-2-930993-33-1

Loi n°49-956 du 16 juillet 1949 sur les publications destinées à la jeunesse, modifiée par la loi n°2011-525 du 17 mai 2011.

Impression : Libri Plureos GmbH,
Friedensallee 273, 22763 Hamburg (Allemagne)

Cadavre exquis – Vies de chats

Mentions légales

© collectif d'écriture

Tous droits réservés. Aucune partie de cette publication ne peut être reproduite, stockée dans un système de récupération ou transmise sous aucune forme ou par aucun moyen, électronique, mécanique, photocopie, enregistrement ou toute autre manière, sans l'autorisation préalable écrite de l'auteur

Cadavre exquis – Vies de chats

Cadavre exquis – Vies de chats

Introduction

Le cadavre exquis est un jeu collectif et créatif qui consiste à créer une œuvre (souvent un texte ou un dessin) en y participant chacun à tour de rôle, sans connaître les contributions des autres. Ce jeu a été inventé par les surréalistes au début du XXe siècle, et il permet de laisser libre cours à l'imagination et de produire des résultats souvent surprenants et amusants.

Voici une variante du cadavre exquis avec une contrainte supplémentaire : chaque joueur doit utiliser plusieurs mots imposés, choisis dans une liste.

*Cette contrainte ajoute du piquant et encourage
la créativité pour intégrer des mots inattendus dans le récit. Le thème de la liste de mots pour la Summer Édition 2023 était le chat.*

*Voici comment jouer au **Cadavre exquis d'écriture avec contraintes**.
C'est ce que ces plumes ont mis en place, pour votre plus grand plaisir !*

N.B : il est possible de jouer seul (au recreature) voir les instructions plus loin dans le livre.

**Bonne lecture !
Lise Larbalestrier
Mademoiselle Séraphine
Éditrice**

Cadavre exquis d'écriture avec mots imposés

Objectif : Créer une histoire collective en intégrant des mots imposés pour donner des rebondissements inattendus et des scènes amusantes.

Matériel : Papier et stylos, ou un document partagé en ligne.

Préparation :

Avant de commencer, établissez une liste de mots imposés. Ces mots peuvent être choisis en fonction d'un thème ou être complètement aléatoires pour plus de surprises.

Exemple de mots imposés : *licorne, spaghetti, volcan, parapluie, robot, sorcier, yaourt, banquise.*

Règles :

1. **Début de l'histoire** :

    Le premier joueur commence l'histoire en écrivant une phrase ou un paragraphe. Il doit utiliser l'un des mots imposés dans la liste (par exemple, *licorne*).

    Une fois son passage terminé, il plie la feuille pour cacher ce qu'il a écrit, sauf le dernier mot ou la dernière phrase.

2. **Passage de l'histoire au joueur suivant** :

    Le deuxième joueur lit seulement le dernier mot ou la dernière phrase du passage précédent et continue l'histoire en utilisant un autre mot imposé (par exemple, *volcan*).

Il plie le papier de manière à cacher son passage, sauf le dernier mot ou la dernière phrase qu'il laisse visible pour le joueur suivant.

3. **Reprise de l'histoire par les autres joueurs** :

   Chaque joueur doit intégrer un mot imposé dans son passage, sans savoir ce que les autres ont écrit.

   Les mots sont rayés de la liste au fur et à mesure de leur utilisation.

4. **Déroulement** :

   L'histoire continue jusqu'à ce que tous les mots de la liste aient été utilisés, ou que chaque joueur ait contribué un nombre de fois fixé à l'avance (par exemple, deux tours complets).

5. Révélation de l'Histoire Complète :

À la fin, on déplie la feuille et on lit l'histoire dans son intégralité. Les mots imposés, souvent saugrenus dans un contexte commun, créent des rebondissements et des passages inattendus qui rendent le récit unique et souvent très drôle.

CADAVRE EXQUIS
Succombez à la créativité!

Eveil & Vous ÉDITIONS

www.evartcademie.com

11 Cadavre exquis – Vies de chats

Chapitre 1

Le chat

Il est 8h du soir, j'ai flâné toute la journée et me voici ravi de rentrer chez mon humaine, pour mon second repas en moins de deux heures.

J'aime assez bien ma pâtée préférée, mais la mamie, quelques maisons plus bas, n'a pas grand appétit et le vendredi c'est poisson ! Pas cher payé pour quelques caresses. Si on exclut son insupportable manie à m'appeler « Poupousse ».

Non, mais vraiment… Ai-je une tête à me nommer « Poupousse » ? Sans doute, l'un des plus beaux chats du quartier… Non, non soyons honnête, je SUIS le plus sublime chat de la ville entière !

Mon allure singulière fascine, indiscutablement.

Mon long pelage est noir comme la nuit, mes moustaches sont fines et que dire de mes yeux bleus glacier, rare sinon hors du commun pour un Main Coon. Mon irrésistible touche de charme : les petits plumeaux qui prolongent mes oreilles. Le collier de poils blancs qui se mêle parfaitement à ma toison obscure donne l'idée aux bipèdes que je suis drapé dans un manteau coûteux… Unique, vous dis-je ! Je suis…

— Lucifer ! Mais où as-tu encore traîné comme ça ?

Je file en quatrième vitesse me réfugier sous un meuble de la cuisine ! J'ai manqué de vigilance, mon humaine m'a repéré dès que j'ai passé la porte-fenêtre. J'adore lui faire croire que je me planque

quelque part dans la maison pour réapparaître à l'heure du repas. Remarque, elle a bien dû se rendre compte de mon absence vu la tenue dont elle est affublée, ça devait être sa journée de repos. Si l'on peut dire. Elle a les cheveux en bataille, porte un t-shirt manche longue oversize, un pantalon aussi vieux que difforme et la télé beugle comme jamais.

Dans l'existence, il y a de ces rencontres aussi exceptionnelles qu'éphémères, issues de la convergence de solitudes, de la naissance d'une IDÉE, la reconnaissance de l'autre et le partage sans retenue… Vu ce que j'en entends, l'humeur n'est pas exactement au beau fixe, ça pue la recherche de câlins à plein nez. Ses trip New Age n'annoncent rien de bon… surtout pour moi.

Il n'y a pas encore si longtemps, il venait ici un humain qui la faisait sourire et contre qui elle allait se blottir… Ça me faisait des vacances à moi.

Mais je ne le vois plus celui-là. Qu'est-il devenu ? Ce n'est pas exactement que je suis dénué d'envie de socialiser, j'aime même parfois lorsque sa main s'égare dans mon pelage tandis que nous partageons un coin de canapé pendant la saison froide, mais jamais, au grand jamais avant d'avoir reçu mon dû ! Une nourriture de qualité est importante pour que je reste au top de ma forme !

L'Humaine

Quel soulagement ! Le voilà enfin rentré. Ses escapades me rendent dingue. J'ai parfois l'impression que c'est devenu un challenge pour lui que de parvenir à se glisser hors de la maison sans que je m'en aperçoive. Je suis à fleur de peau et certainement un peu trop mélodramatique, mais j'ai peur qu'il lui arrive quelque chose. Un accident ou autre. Il est maintenant ma seule compagnie.

Une boule se forme dans ma gorge, je sens monter un sanglot…

Mon chat me toise, tapi dans l'ombre sous un meuble. Il ne doit pas comprendre pourquoi je lui ai crié dessus au moment où je l'ai vu revenir ce soir.

— Bébé… Viens. N'aie pas peur…

Hum… Hum…

Après des jours murés dans le silence, les heures sombres égrainées comme le sable entre mes doigts, interpeller cette petite bête me fit réaliser à quel point ma voix s'était ENROUÉE. J'abandonne, je dois lui ficher la frousse. Ses grands yeux me fixent intensément à l'affût du moindre de mes gestes. La seule chose que je peux faire pour l'amadouer lorsqu'il se retranche de la sorte sous le mobilier de la cuisine : le nourrir. Monsieur à ses préférences comme presque tous les félins de race habitués au confort de leur maisonnée. Mais je ne suis pas dupe, il doit sans doute manger ailleurs, je le sens à la façon dont il a quelque peu grossi au cours des dernières semaines. Le prendre dans mes bras n'est pas toujours une mince affaire vu la taille déjà impressionnante qu'il accuse.

Cela aussi m'inquiète. J'ai peur qu'un jour il ne rentre pas à la maison, il est pucé bien sûr, mais de crainte qu'il ne s'accroche quelque part, j'ai renoncé à le laisser porter un collier. Sans compter que le premier avait abîmé son pelage opulent. Une personne bien intentionnée… ou pas… Pourrait céder à l'envie de le garder.

J'ai pratiquement vu naître Lucifer, il est issu de la première chatée du couple de Main Coon d'une de mes collègues et amie. Elle s'est déjà bien lamentée du fait que je ne souhaitais pas le faire concourir, au regard de ses qualités. Je le voulais pour la compagnie, enfin quand il est là, évidemment… Cling ! Un choc sur le sol, le bruit d'un objet qui se brise et le son de pas feutrés typiquement luciférien me sortent de mes pensées.

Ma terreur aux pattes de velours a poussé le verre que j'avais laissé sur le plan de travail de l'îlot de la cuisine… Encore !
Plus de morceaux éparpillés à gauche à droite sur le carrelage, j'enfile un pull, allume la lampe extérieure et me dirige sur la terrasse où se trouve ma poubelle. Je soupire bruyamment, s'il continue à projeter ma vaisselle par terre, je n'aurais bientôt plus que des gobelets en plastique.
Il y a un peu de vent ce soir, un coup d'œil à mon jardin me rappelle que je dois prendre le temps de couper les tiges de mon massif de lys. Ce petit rituel de fin de saison lui apporte toute la vigueur d'une belle renaissance printanière et une abondante floraison estivale. Un mouvement du feuillage attire mon attention, plus marqué et anarchique que

le balancement régulier de la brise nocturne… Mais qu'est-ce que c'est ?

Alors que je m'approche, une boule de poils hirsute bondit à moins d'un mètre de moi avant de se hérisser clairement stupéfaite de se trouver à mes pieds, nos regards se croisent l'espace d'un instant suspendu. À ma grande surprise, la créature au pelage tacheté qui me dévisage alors, sortie de l'océan végétal, a les yeux VAIRONS, l'un bleu, l'autre vert. Un chat ! Blanc et sale apparemment, la fourrure pleine de nœuds et emmêlée de feuilles. Apeuré, il a détalé sans demander son reste, je n'ai même pas eu le temps de faire un geste et pouf le voilà disparu !

Étrange rencontre…

Une lamentation plaintive sur le pas de ma porte me rappelle que mon diable de

Lucifer attend son repas. Il se frotte à mes jambes et ne me lâche pas d'une semelle à l'instant où je franchis le seuil de la maison.

— Comédien… Tu as de la chance que je t'aime toi !

Lucifer

Aujourd'hui, pas de balade. Il y a des jours où mon humaine reste à la maison plus que d'habitude ! Elle sortait plus avant, ramenant dans son sillage des odeurs étranges de lieux saturés de nourriture et de personnes qui me sont inconnues. Je pourrais très bien prendre le large, mais j'ai bien vu hier cet autre chat sur mon territoire et je préfère m'assurer qu'il n'y aura pas de récidive.
Le Boss ici, c'est moi !
La journée passe comme cela, sans éclats d'aucune sorte. L'humaine vaque à ses occupations dont le sens m'échappe parfois. Elle cherche Dieu sait quoi dans les plantes du jardin, taillant inlassablement des tiges sans fleurs. A-t-elle perdu la tête ?

Dans ma grande mansuétude, je lui apporte un présent, une proie toute fraîche capturée par mes soins. Visiblement, elle n'est pas très douée pour la chasse et a besoin de mon aide… Et ingrate avec ça ! Lorsque j'ouvre la gueule à ses pieds, le souriceau bondit et fuit en tous sens. L'humaine commence immédiatement à piailler en me vrillant les oreilles, monte sur une chaise, mais ne fait pas un geste pour rattraper le rongeur…
Un cas désespéré, vous dis-je !
Elle empoigne son téléphone et passe un appel à l'aide depuis son perchoir qu'elle finit par quitter prudemment au bout d'un long moment…

Le reste de la journée s'écoule tranquillement.

Peu avant la nuit, à l'heure où « les chiens sont loups », je remarque la silhouette de l'intrus à la porte-fenêtre, se sachant observé, il se met à MIAULER.
— Mais vas-tu te taire ?
L'humaine vient voir ce qui se passe, elle hésite, mais contre toute attente, elle laisse glisser le battant prête à sortir…
De façon tout à fait inattendue, à mille lieues du plus élémentaire principe de prudence ou même de respect du territoire d'autrui, c'est l'indésirable qui entre !
Une bouffée de phéromones, qui me monte au nez, neutre, mais indiscutablement…
UNE intruse…
Sous le choc, je vois MON HUMAINE prendre la visiteuse dans ses bras, ôtez quelques feuilles du pelage qu'elle parcourt scrupuleusement du bout de ses doigts.

La réponse ne se fait pas attendre, un ronronnement sonore s'élève, ce qui a manifestement le don de rendre l'humaine complètement gaga…
Ou folle, allez savoir.
Il n'en faut pas plus pour qu'elles se dirigent toutes deux vers la salle de bain. Intrigué, je me faufile et observe à distance. Placide, la femelle se laisse baigner, débarrassée des parasites visibles et peignée sans un seul mouvement de recul.
Pour moi là c'est clair, c'est les deux qui sont folles…

Une fois toutes ces ablutions finies et un coup de sèche-cheveux en prime, la boule de poils difforme laisse place à une chatte au pelage blanc comme l'aurore et presque aussi duveteux que la première neige d'hiver.

De retour dans la cuisine, elle s'empresse de se ruer sur ma gamelle qu'elle dévore à belles dents sans demander son reste.
Elle est à peine culottée celle-là !

28 Cadavre exquis – Vies de chats

Le frère

— Et voilà, s'il y a encore des souris dans ta cuisine, on devrait être rapidement fixés. Franchement j'en doute, je n'ai vu aucun signe d'activité ou de traces nulle part.
— Ça me rassure ! Je n'aime pas du tout cela.
— Remarque, maintenant avec deux chats, il y a peu de chances que « Ratatouille » élise domicile dans tes placards !

La petite chatte blottie dans les bras de ma sœur m'observe avec curiosité de ses yeux captivants. Je cède à l'envie de la caresser. Et elle pousse immédiatement sa tête dans le creux de ma paume et se met à ronronner.

— Adorable. Ça me ferait presque changer d'avis…
— À quel propos ?
— J'avais trouvé infernal de retrouver partout sur mes vêtements les poils du chat ANGORA de mon ex, jusque dans mes sous-vêtements parfois, vraiment c'était horrible. Je m'étais promis de ne plus avoir d'animal de compagnie après ça. Et celle-ci, tu vas l'appeler comment ?
— Gabrielle.
— Oh, joli contraste avec ton Monsieur Grognon, il ne s'est pas montré trop contrarié ? Pas de bagarre jusqu'à présent ?
— Non, mais il n'est pas ravi, regarde-le, il est à son poste d'observation sur l'îlot de la cuisine.

Lucifer

L'avorton de la portée de mon humaine, je ne l'ai jamais aimé et mon instinct me dicte que c'est réciproque. Ils m'observent en rigolant, je comprends que c'est de moi qu'ils parlent.

— Oh là là, regarde comment ton chat nous fixe frangine ! Comment ça allait encore cette chanson ? « Monsieur, monsieur le Chat botté, vous n'allez pas me GRIFFER ? » Je crois bien, oui.
— Ne le provoque pas s'il te plait, il remue méchamment la queue là…

Et le voilà qui s'approche en se dandinant d'un pied sur l'autre, chantant à tue-tête. Les bras repliés, ses mains mimant des griffes. Il finit par se planter face à moi et

me souffle sa ritournelle idiote au visage… Oh que son haleine est désagréable !

Avec horreur, je le vois en faisant mine de m'imposer le contact de ses doigts gourds j'en frissonne déjà avant même qu'il ait pu me toucher.

Non, mais il est sérieux lui ? Je vais t'en donner un bon de coup de griffe !

Ni une ni deux, à l'instant où le nigaud approche son vilain visage de ma personne, ma patte s'abat sur son nez… Oh que je prends plaisir à le voir bondir en arrière en serrant ses mains autour de son tarin difforme ! Une bonne chose de faite.

— Aïe ! Mais c'est un vrai démon monté sur ressorts ce chat. Quel caractère ! Je préfère mille fois la gentille Gabrielle.

— Pourtant bébé, c'était un ange…

Chapitre 2

Le frère

— Salut ! Comment ça va aujourd'hui ?
— Super, et toi ?
— Tout roule ! Écoute, j'ai quelque chose d'excitant à te proposer…
— Ah oui ?
— Bon, je te mets sur la voie, il y a longtemps que je n'ai pas pris de vacances. Je pense partir faire un grand voyage et t'emmener avec moi. Ça te changerait les idées après tout ce que tu as vécu ces derniers temps.
Que dirais-tu de partir à Bali avec moi le mois prochain ? J'ai trouvé des offres incroyables !
— Bali ? Wow, ça a l'air génial, mais tu sais bien que j'ai beaucoup de travail.

— Je sais, mais ça pourrait être l'occasion parfaite pour toi de te déconnecter un peu et de recharger tes batteries.
— Un voyage ? Mon Dieu ! Cela me ferait vraiment plaisir, mais je n'ai pas vraiment les moyens ces temps-ci, et que vais-je faire de Lucifer et de la petite Gabrielle ? D'ailleurs, je passerai chez le vétérinaire demain matin pour voir si elle est pucée et si par malchance elle ne l'est pas et que personne ne la réclame, je ne vais quand même pas la laisser à la rue.

Lucifer

— Quoiiii ? Mon humaine aurait-elle pris un coup sur la tête ? Partir en voyage avec son frère ? Garder cette chatte des rues alors que JE suis le chat de la maison et, pour comble, ne pas savoir que faire de nous. Non, non et non !

Pendant ce temps-là, nos deux humains continuaient leur conversation, tranquillement, la petite Gabrielle sur les genoux de l'Humaine qui l'apprivoisait tout en continuant à la caresser. Elle se laissait faire en ronronnant et se blottissant contre elle. Pff.
Moi, j'observais tout ça de loin et me demandais si mon humaine se sentait vraiment bien : je ne la reconnaissais plus. Elle devait avoir de la fièvre !
Allait-elle garder cette chatte ?

Allait-elle la préférer à moi qui suis quand même le CHAT de la maison, le MAÎTRE des lieux ? Je continuais à écouter la conversation: mon Humaine semblait presque convaincue et prête à mettre les dernières touches au projet.

Son seul problème était, en réalité, ce qu'elle allait faire de nous. Nous, sa propre famille, nous, ses CHATS.

L'Humaine

— C'est vrai que la Thaïlande est incroyable... Mais je ne sais pas, c'est loin, et puis ce n'est pas le moment pour moi.
— Je comprends, mais imagine juste les plages, les forêts tropicales, les massages, la nourriture exotique... Ce serait une aventure inoubliable pour nous deux. Et puis, ça fait une éternité que nous n'avons pas voyagé ensemble ! Et tu sais très bien que je peux t'aider financièrement si tu le désires. Et si ce sont les chats qui t'inquiètent, demande de l'aide à Thomas.
— C'est tentant, je l'admets.

Elle se leva machinalement après avoir raccroché et se dirigea dans la chambre, à la recherche d'une valise... qu'elle trouva

rapidement, en haut de la garde-robe, couverte d'un doigt de poussière. Mais qu'elle idée de vouloir partir en voyage à Bali ?!

Dans sa tête, c'était le bouillon : comment laisser son chat sous la garde de son fils ? Et Gabrielle ? Et Salem !

Elle se dirigea à nouveau vers le téléphone :
— Salut, c'est Maman, tu as un moment pour discuter ?
— Bien sûr. Qu'est-ce qui se passe ?
— On m'a fait une offre tentante pour un voyage à Bali. Ça sonne comme un rêve. Mais tu sais bien que je ne peux pas laisser les chats tout seuls ici. Tu serais disponible pour t'en occuper ?

— J'en parle avec Louna, on vérifie son emploi du temps et je te tiens informée. En principe, ça devrait le faire : nous serions ravis, ils seront entre de bonnes mains, ne t'inquiète pas.
— Vraiment ? Ça me rassure beaucoup d'entendre ça. J'attends de tes nouvelles.

Lucifer a déjà trouvé sa place dans ma valise. Il me regarde avec des yeux pitoyables, pourtant il va rester à la maison, ce voyage est trop dangereux.

Mon fils avait fait vite : sa Louna chérie après avoir soupiré profondément, avait fini par accepter sur un
— Peut-être qu'il s'est calmé depuis la dernière fois.

— L'espoir fait vivre, ma chérie, mais merci! Tu prends sur toi pour rendre service à maman, ça va lui faire super plaisir!

Thomas recompose le numéro de sa mère. La sonnerie n'eut même pas le temps de retentir:
— Aloooooooorrrs?
— Ok pour nous! On s'occupera de tout. Tu n'auras à t'inquiéter de rien.
— Vous êtes incroyables, toi et Louna. Bon, je crois que je vais vraiment le faire. Ah oui! Il aura peut-être une compagne, s'il s'avère qu'elle est vraiment abandonnée. La question est de savoir si Lucifer va pouvoir l'accepter.
Gabrielle est toute petite, toute mignonne et gentille, cela devrait pouvoir s'arranger malgré son très fort caractère de

dominant. Son prénom Lucifer lui allait très bien sur ce point.

— Et c'est tout ? Lucifer, on gère… Gabrielle, on verra.

— Il y a aussi Salem : un chat de gouttière qui vient chercher sa pitance tous les soirs lorsque Lucifer est endormi et bien entendu, il n'aime pas le CHIEN du voisin.

— Bon, eh bien… on fera avec tout ça !

42 Cadavre exquis – Vies de chats

Lucifer

Finalement, l'humaine se décide et commence à se projeter dans ce voyage. Elle a téléphoné à son fils pour s'occuper de nous et, en un éclair, tout fut classé. Pauvre de nous !

***

Le grand jour arriva enfin et c'est sans un regard que je la vis se diriger vers le taxi qui l'emmenait vers l'aéroport.

44 Cadavre exquis – Vies de chats

L'Humaine

Dernières vérifications :
— Passeport valide (généralement doit être valide au moins 6 mois après la date prévue de retour). Visa. Billets d'avion ou confirmation de réservation. Preuves de vaccinations et tests médicaux ! Bali, me voici !
Le voyage ne durera que quelques heures, disait la brochure : 17h 20min exactement.
Rien que d'y penser, elle se décomposa.
Arrivée à l'aéroport : pour les vols internationaux, il est recommandé d'arriver au moins 3 heures à l'avance. Ben voyons… 20h de trajet pour… le paradis sur terre.
Elle se ressaisit et relut la suite des instructions laissées par son frère :

— Préparez-vous à passer les contrôles de sécurité : retirez vos chaussures, ceintures, et videz vos poches de tout métal. Sortez vos appareils électroniques plus grands qu'un smartphone ainsi que vos liquides qui doivent être dans un sac plastique transparent et ne doivent pas dépasser 100 ml par article.

Ça, c'est bon, valida-t-elle d'un V.

Une fois les contrôles passés, vous pouvez vous rendre à votre porte d'embarquement, et attendre l'annonce.

Profitez de ce temps pour visiter les boutiques duty-free, manger quelque chose ou simplement vous reposer.

— Bonne idée, s'exclama-t-elle ! C'est écrit sur ta liste!

Le frère

— Haaaaa te voilà ! Je savais que tu stopperais ici! Forcément! Ready?lui dit-il en l'embrassant.
— Or not!
— Ton humour légendaire est de la partie, super !
— Après l'épisode du guichet d'enregistrement, j'ai suivi tes instructions et me voici! Tu vois? ajouta-t-elle en agitant le bout de papier imprimé.
— T'as les jetons ?
— Ben non, pourquoi ?
— T'as l'air stressé !
— Pas pour l'avion ! J'ai hâte, j'adore ça ! C'est pour les chats !
— Ils sont chez toi, non ?

— Oui, avec Thomas et Louna.
— Hé ben alors ?
— Je ne sais pas, je ne suis pas tranquille…
— Achète-toi ce luxueux parfum, ça te changera les idées et te donnera un peu de baume au cœur !
— Bonne idée ! Et 1000 amis moustiques sur les fesses !
— Aussi ! plaça-t-il en pouffant de rire.

Ils finirent par embarquer.

— Bagage à main : rangé dans le compartiment supérieur. V
Assurez-vous d'avoir facilement accès à vos affaires essentielles (livres, écouteurs, médicaments, etc.) V
Ajustez votre siège et utilisez les oreillers et couvertures fournis pour être à l'aise. V

Il est également judicieux d'avoir un masque pour les yeux et des bouchons d'oreilles pour mieux dormir.
— Aaah zut ! Ça, j'ai oublié.
— Toi et ta manie des listes !
— Euh! C'est TA liste, cher ami!
— Effectivement ! ajouta-t-il avant de boucler sa ceinture.

Et les longues heures défilèrent…
Instructions de sécurité de l'équipage avant le décollage. V
Les sorties de secours et les procédures d'urgence. V
L'air en cabine peut être très sec, donc il est crucial de rester hydraté. Buvez de l'eau régulièrement tout au long du vol. V

— Bon, faut bouger ma cocotte ! Pour les vols de cette longueur, il est important de se lever, de s'étirer et de marcher un peu dans l'avion de temps en temps pour stimuler la circulation sanguine et éviter les problèmes comme la thrombose veineuse profonde.

— Laisse-moiiiii, je me prépare pour les plages ! Lobotomisée par le système de divertissement individuel qui faisait dérouler le plan de vol (avec l'avion qui avance en temps réel), le message de bienvenue de la compagnie, les images plus qu'alléchantes de la destination et… l'horaire de la boustifaille !

Sur ce vol long-courrier, plusieurs repas et collations sont prévus. Les repas sont généralement servis peu après le décollage, puis un ou deux supplémentaires en fonction de l'heure et

de la durée du vol.
— Humaine a la dalle !

Une brochure mentionne une sélection entre deux ou trois plats
— Ya une option végétarienne pour les soeurs bobos.
— Nia nia! Et les boissons ? Y a de l'alcool ?
— Je ne sais pas si c'est une bonne idée.
— Et l'hydratation alors !
— Ouais ouais, je vais faire comme si je n'avais rien entendu… donc des boissons : des boissons non alcoolisées et des boissons alcoolisées.
— Nous y voilà ! Redressant son siège, elle leva la main vers la lumière d'appel…

— Cependant…

— Grrrrr

— Il est conseillé de limiter l'alcool et la caféine, car ils peuvent déshydrater et perturber votre sommeil. C'est écrit dans la brochure.

— M'en fous ! ajouta-t-elle avant de se remettre dans le fond du siège.

— Agnès, 50 ans et un caprice par heure, s'esclaffa-t-il, en lui balançant la brochure.

Agnès

C'est avec émerveillement que je découvris de somptueux paysages sur le moniteur ! Vincent n'avait pas menti ! Ce pays était vraiment magnifique.

L'atterrissage et la récupération des bagages furent les dernières étapes de notre voyage :
contrôles douaniers, rien à déclarer, bagages qui tournent et tournent avant d'être récupérés, dernier contrôle avant la libération sur le territoire et hop !
Les portes coulissantes s'ouvrirent grâce au mouvement de notre corps et là : Paf ! Une baffe de chaleur.
Une pancarte avec notre nom nous faisait signe de venir… et voilà !
Destination l'hôtel !

Je profitais tranquillement de mes vacances bien méritées.

J'avais déniché un petit restaurant traditionnel et je dégustais mon plat.

Tout à coup je me sentis observée, scrutant les alentours telle fut ma surprise de voir qu'un RENARD me dévisageait.

— Tu as vu cette affiche, demandais-je à Vincent en la pointant du doigt.

Il se retourna et ne put s'empêcher de se lever pour s'en approcher :

— Waouh ! Quelle belle bête ! Tu sais ce que c'est ?

M'approchant à mon tour :

— Une roussette, je pense. Je demande à Google… Zut ! Le réseau fait encore des siennes, je demanderai à l'hôtel.

Reculant de quelques pas, je pris l'affiche en photo afin d'investiguer sur ce renard-

volant balinais et je remis mon téléphone en POCHE.
Assise à table, je fixais cette photo en me posant beaucoup de questions. Que symbolise cet animal ?

Pendant ce temps, à des milliers de kilomètres, mon fils essayait de se débrouiller comme il pouvait pour garder le calme à la maison. Finalement, la petite Gabrielle n'ayant pas de famille, elle était restée.

De mon côté, le DIALOGUE n'était pas chose aisée puisque je ne connaissais pas la langue du pays et avait oublié que le réseau de mon portable ne passait pas partout.
Pour parer à cette situation, mon frère et moi nous étions inscrits à toutes les

randonnées touristiques. Ce qui nous facilitait la tâche et nous permettait de profiter pleinement de notre voyage.

De temps en temps, nous partions à deux à l'aventure et c'est dans ces moments que nous explorions les plus beaux endroits que les visites organisées ne montraient pas. Ayant sympathisé avec des locaux, nous rencontrions des villageois très accueillants qui nous donnaient le gîte et le couvert pour le soir et des victuailles pour continuer notre périple le lendemain. Le meilleur moment de ma vie, mon frère avait eu une très bonne idée et je le remercie tous les jours. Sauf que l'hôtel envoyait sa patrouille pour que nous dormions en sécurité comme prévu.

Revenant déjeuner dans le petit restaurant traditionnel, l'image du renard volant nous transporta dans un monde de fantasmes et de possibilités infinies.

— La réceptionniste avait raison : ce minois incite à embrasser la magie du moment présent, à se laisser emporter par la beauté et la diversité de la nature qui nous entoure.

— Et surtout, elle nous invite à trouver la grâce et la merveille, ajouta Vincent en reluquant la serveuse.

— C'est ça ! Libère le MÂLE en toi !

— Ben quoi ? Qu'est-ce qu'elle a dit d'autre, la réceptionniste ?

— Elle ? Rien ! Elle ne cause pas notre langue, mais elle m'a montré un livre et j'ai pris la page en photo, histoire de garder cette bouille et sa signification au même endroit.

— Allez, passe le téléphone ! Vite ! Je veux savoir si ça parle de mon essence masculine…

En pouffant, je le lui tends. Il se met à marmonner et à augmenter le volume aux passages intéressants :

— L'image d'un renard volant à Bali évoque instantanément un mélange exotique et envoûtant. Imaginez-vous… cette île indonésienne… ses plages paradisiaques, ses temples mystiques et sa culture riche et colorée. Et au milieu de ce paysage enchanteur… un renard aux ailes déployées…

— Mais arrête ! Lis tout, tu m'énerves !

Il reprit :

— … s'élevant gracieusement dans le ciel. Le renard, avec sa fourrure rousse et son regard vif, est un symbole de ruse et d'ingéniosité. Associé à la mythologie de

nombreuses cultures, il incarne souvent la malice et la perspicacité. Mais ici, sur l'île de Bali, sa présence prend une toute nouvelle dimension. Il se fond dans un environnement où la spiritualité et la nature se rencontrent harmonieusement. Les ailes du renard lui confèrent une aura de mystère et de magie. Imaginez-le planant au-dessus des rizières en terrasse, survolant les temples anciens et les jungles luxuriantes. Son vol gracieux contraste avec la richesse de la végétation tropicale et la sérénité des paysages balinais.

— C'est dommage.

— Ben oui, ça ne dit rien de plus sur mon charme fou !

— T'es bête ! Je disais que c'est dommage de ne l'avoir vu qu'en image !

En vrai, ça doit être… époustouflant, fis-je en écartant les bras au ciel.
— Faudra qu'on revienne!
— Faudra que je revienne !

***

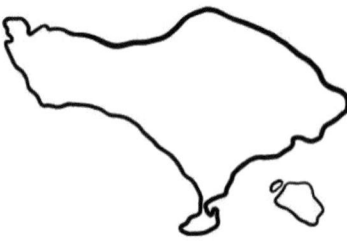

Le séjour arrivait malheureusement à son terme : il a fallu prendre congé de nos hôtes, aussi tristes que nous, et c'est le cœur serré et en promettant de revenir que nous nous sommes dirigés pour la dernière fois vers notre hôtel. Nous repartions le lendemain.

Le voyage du retour allait être long et nostalgique, il nous fallait faire nos valises et dormir un peu. Pour la facilité, nous avions pris deux chambres

communiquant par une porte verrouillée. J'entendis la clé tourner dans la serrure du côté de Vincent.
Me levant, je fis pareil de mon côté avant de retourner m'affaler.
— À quoi tu penses ?
— Que c'était trop court ! Et toi ? Au renard volant je parie !

— Bingo ! Cette affiche me taraude ! Une chauve-souris qui porte le pelage d'un renard roux. C'est une combinaison insolite, avoue ! Et le fait de ne pas avoir de connexion internet correcte pour vérifier sa symbolique suscite encore plus de questions et d'interrogations.

Le silence fit place à la méditation, nos yeux rivés sur le plafond, cherchant des réponses… Évidemment, nous n'avons pas réussi à fermer l'œil de la nuit, se tournant et se retournant dans notre lit.

Le lendemain matin, dans l'avion qui nous ramenait chez nous, nous parlions peu. Chacun dans ses pensées, tristes et heureux à la fois. Nostalgiques de quitter ce magnifique endroit et très heureux de retrouver notre chez nous et nos habitudes. Malgré la fatigue nous ne

pouvions nous reposer. Nous nous demandions comment cela s'était passé à la maison, comment avaient réagi les animaux. Thomas avait-il pu s'en occuper sans problèmes ?
Dans le taxi qui nous ramenait, mon cœur commença à battre en reconnaissant le quartier puis ma rue et enfin la maison.

C'était bizarre : personne n'avait l'air de nous attendre, ils connaissaient la date de notre retour pourtant ?

En passant la porte, la première chose que j'ai aperçue fut les restes du sapin et là, je sentis une froideur dans le dos : que s'était-il passé ?
Tout était sombre, ce qui m'intrigua.
Tout à coup, une chose me sauta à la figure et telle fut ma surprise en reconnaissant Salem.

— Pauvre loulou, ils t'en ont fait voir ?
Salem se planqua sous mon foulard et la lumière s'alluma.
— Mais tu es rentrée ! Ça a été ? s'approcha Louna, les bras ouverts en signe de bienvenue, en mode câlin.
— C'était super ! Je te raconterai. Et ici, alors ?

Vincent débarquait les bagages puisque j'avais démarré telle une flèche à l'arrêt du taxi.
Raison pour laquelle il franchit le seuil avec plusieurs minutes d'écart :
— J'ai payé le taxi, ne sois pas inquiète, se plaçant, cynique, dans la conversation des filles.
— Vincent ! Je suis ravie de te revoir !
Louna regarda Agnès qui semblait ne pas avoir entendu :

— Euh… je ne veux pas en rajouter, mais elle a déconnecté le son, là !
Il déposa les bagages dans le salon et… :
— Mais quel bordel !
— Ça doit contraster avec votre hôtel de luxe super clean !
— Et la bouffe ! Et le bar !
— Et la serveuse du bar, taquinai-je en tentant de me dégager de Salem.

Louna avait décidé de commencer le sapin de Noël pour me faire une surprise. Ah, mais dès que Lucifer le vit, il laissa éclater son esprit destructeur et, avec l'aide de Gabrielle, le retourna complètement. Cette grosse bêtise lia nos deux ennemis pour la vie. Ils jouaient comme des petits chatons avec les boules. Hodie, leur chien, s'en mêla et la maison devint, en quelques heures, un vrai capharnaüm.

Pour pouvoir retrouver la tranquillité, mon fils et sa fiancée avaient tout nettoyé.

— Où est Thomas ?

Louna pointa du doigt :

— Avec ses nouveaux amis !

Thomas, allongé dans le canapé, avait sombré. Lucifer placé devant lui. Gabrielle à ses côtés. Quant à Hodie, il était couché dans la cuisine.

En nous entendant, Lucifer se retourna vers nous et ses yeux se radoucirent. Il vint vers nous, suivi de Gabrielle et c'est à ce moment que Thomas put enfin bouger du canapé. Lucifer avait réussi à prendre le pouvoir sur les habitants de la maison, même Hodie ne bougeait toujours pas. Gabrielle avait pris de l'embonpoint

et nous en avons déduit ce qui s'était passé.

Thomas nous raconta toutes les bêtises des chats, y compris l'histoire du sapin et leur rapprochement :
— Lucifer avait décidé que c'était lui le chef, c'était bien son caractère. Je ne suis pas mécontent de te voir, maman! dit-il en m'embrassant rapidement. Hodiiiiiiieee, Hoddiiiiiiiieeee, viens! On rentre.

Le chien saisit sa chance et fila dans le hall d'entrée. Tout comme Hodie, mon fils et sa fiancée déguerpirent rapidement malgré mes protestations pour qu'ils restent manger :
— Mais restez ! J'ai des spécialités. Vincent insista également, mais…
— Merci m'man mais on te racontera nos aventures plus tard.

Voilà, ils ont filé! Et toi, tu restes? demandais-je à Vincent.

Lucifer les raccompagna à la porte et revint vers nous, toujours accompagné de Gabrielle qui allait bientôt être maman.
— Lucifer, mon Lucifer tu ne changeras jamais. C'est toi Gabrielle? ajouta Vincent en caressant le ventre dodu de la petite nouvelle. Tu as réussi à dompter cet incroyable animal, je ne sais pas comment tu as fait, mais je pense que vos bêtises avec le sapin y sont pour quelque chose. Quant à Hodie, je pense que nous ne sommes pas prêts à la revoir, ni ton fils d'ailleurs.

Je sortis les quelques denrées exotiques de mon sac et nous avons commandé thaï ce

soir-là. Pour rester connectés à la destination que nous venions de quitter.

70 Cadavre exquis – Vies de chats

Chapitre 3

Lucifer

Pour finir, ces vacances nous ont fait du bien. Enfin, quand je dis Nous, je parle de Gabrielle, Salem et moi. Sacré Salem, je ne l'aimais pas beaucoup jusque-là. Profiter de mon sommeil pour voler ma pâtée révèle un manque complet d'éducation. Cela dit, il est né dans la rue. Il a droit à une deuxième chance.

Pour revenir aux vacances, c'était top : nous les tenions entre nos griffes, le fiston et sa petite famille. Nous les avions tellement terrorisés qu'ils ne bougeaient plus ou presque du canapé et regardaient la télé toute la journée. Personnellement, fixer un écran ne me passionne pas sauf quand il s'agit d'El Gato.

Grâce à eux, j'ai découvert un héros extraordinaire ! Un chat au pelage noir comme de l'encre qui vit au temps des cow-boys. Ses supers pouvoirs permettent à ces pauvres garçons vachers de se sortir des situations les plus périlleuses. Une scène m'a particulièrement marquée.
Le désert du Colorado.
El Gato. Seul.
Face à lui, six bandits armés.
Le temps est suspendu sur une musique genre Ennio Morricone.
Soudain, la longue queue noire s'élève en arc de cercle avant de FOUETTER le sol dans un nuage de poussière.
Les méchants sont emportés dans un tourbillon qui se transforme en tornade.
Dernière scène : un chapeau sur le sol.
Seul rescapé de cette hécatombe.
Méga classe.

J'en suis à la saison 5 épisode 2. Reprenons.

Je m'allonge avec délice sur le canapé et replonge aussitôt dans les aventures de mon héros préféré.

74 Cadavre exquis – Vies de chats

Agnès

Lucifer est en admiration devant une série débile dont le superhéros est un chat. C'est tellement invraisemblable que cela en devient presque risible. Mais je veille à cacher mon hilarité. Les chats sont très susceptibles et détestent que l'on se moque d'eux. Quoi qu'il en soit, je suis inquiète. Il est tellement accro à cette série qu'il en perd l'appétit. Il faut que j'essaie de lui proposer quelque chose de nouveau. Je vais lui servir un plat inhabituel pour le faire réagir.
Entendant du bruit dans la cuisine, Lucifer sent son ventre gargouiller et décide d'aller y faire un tour.

76 Cadavre exquis – Vies de chats

Lucifer

Il ne faudrait pas que cette série m'empêche de manger quand même. Voyons, voyons, que m'a préparé de bon mon Humaine ?

De la salade de MUSEAU ? En voilà une drôle d'idée. Elle a oublié que je ne mange que de la nourriture de qualité, ou quoi ? Pouah ! C'est moche d'aspect et en plus ça sent mauvais. Je préfère aller regarder la télé. À mon avis, même *El Gato* n'en aurait pas voulu.

Très mécontent, le chat s'éloigne d'un air hautain et grimpe lentement sur le canapé pour revoir l'épisode 5 Saison 2 d'*El Gato* depuis le début.

Cette fois-ci Salem n'a pas besoin d'attendre que son compère se soit

endormi pour lui voler sa pâtée. Quoiqu'il ne le fasse que très rarement à présent. Il renifle et finit par avaler plusieurs petites bouchées.

— Lucifer exagère. Ce n'est pas si mauvais, hein mon chat?

Il lui sembla que Salem venait de marmonner quelque chose comme

— On voit bien qu'il n'est pas né dans la rue, lui. Ses airs supérieurs agacent souvent le chat de gouttière. Tu prétends être un chat de RACE. Prouve-le-moi. Ton sang est-il bleu ?

Lucifer ne releva pas. *El Gato* …

Tant mieux car il n'aurait rien à gagner dans ce genre d'affrontement.

Salem, rassasié, se dirige à pas feutrés vers le gros coussin moelleux qui lui a été attribué pour une petite sieste digestive.

Gabrielle

Perchée sur l'armoire de l'entrée, j'observe mes deux compagnons. L'un regarde la télé, l'autre pique un roupillon. Je m'étire et pousse un énorme bâillement. Je m'ennuierais presque. C'était plus amusant quand on avait fait son affaire au sapin de Noël. Quelle rigolade ! Aujourd'hui le calme est revenu dans la maison. Un peu trop peut-être.
— J'aime bien RONRONNER. Cela me donne l'impression d'être moins seule, dit-elle à haute voix.

Aucune réaction.

Salem ronfle, allongé sur le dos, les quatre pattes écartées.

Quant à Lucifer, il est hypnotisé par le petit écran.

Incapable de dormir, je descends en deux bonds et me dirige vers la cuisine. Depuis que j'attends mes petits, j'ai toujours faim. Alors que je traverse le salon, j'entends :

— Reste dans ta PAMPA plutôt que de venir m'aider. Je saurai te le rappeler quand le temps sera venu.

Poussant un long soupir, je secoue la tête: décidément, je n'arrive pas à comprendre pourquoi cette série.

Pour l'instant, j'ai d'autres priorités : grignoter un petit quelque chose. Salade de museau? … renifle avec précaution, ma belle … avale une minuscule bouchée.. sait-on jamais et la recrache aussitôt.

— Beurk ! Infect. Et si j'allais dans le jardin chasser une petite souris bien

dodue ? Je n'ai plus fait d'exercice depuis longtemps, cela ferait sûrement du bien de profiter de l'air frais plutôt que de rester confinée à l'intérieur.

Il n'y a pas que ça qui a changé depuis que j'ai le bidon rempli : l'existentialisme! Etre ou ne pas être ? Telle est la question, mon Cher-Spear. Levant bien les pattes à cause d'un reste de rosée, mon esprit pondait des questions à coucher dehors :

— Suis-je chat de FERME ou chat des villes ? Un peu des deux sans doute.

82 Cadavre exquis – Vies de chats

Agnès

Depuis que je suis rentrée, je n'ai d'hobby que de les regarder : un fan d'El Gato. Il est fou ce chat!
Une marmotte…
Et une ravissante petite maman.

Il fait un beau soleil même si la petite chatte trouve l'herbe bien humide sous ses pattes. Un léger vent agite les feuilles des arbres. Gabrielle frissonne. Tout compte fait, il est l'heure pour elle aussi de faire la sieste dans le joli couffin bleu pâle brodé à son nom.
Elle opère un demi-tour et trottine vers la maison.
Sa séance de plein air peut bien attendre un peu. Et la vie reprend son cours.

84 Cadavre exquis – Vies de chats

Chapitre 4

Salem

Au retour de sa petite escapade dans le jardin, Gabrielle secoue ses pattes légèrement mouillées avant d'entrer dans la maison et de rejoindre son couffin.
— Chouette, dit-elle, il est en plein soleil.
Elle tourne et retourne pour enfin se laisser tomber et s'étendre de tout son long, offrant son ventre tout rond à la chaleur des doux rayons. Elle en ronronne de plaisir puis s'endort paisiblement.

— J'en profite pour sortir gambader un peu, l'herbe humide, m'en contrefout.
Je ne suis pas de ces chats-là, vous savez ceux qui sont de luxe. Non, non, hors de question d'être aussi précieux.

Je passe devant la maison mitoyenne à celle de mon humaine. Une grande baie vitrée s'offre à moi.
Par curiosité, je me mets à regarder par la fenêtre. Mon œil est attiré comme un aimant par un chat SIAMOIS qui est en train de se prélasser dans un canapé.
La vie a l'air plutôt belle pour lui.
Il fait partie du même clan que les deux pantouflards de la maison, ils peuvent se serrer la patte, ces trois-là.
—Allez, je file, il n'y a rien d'intéressant. Moi, ce que j'aime c'est la chasse aux bestioles, cela ouvre l'appétit.

Je ramène mes trophées chez mon humaine pour la remercier d'être aux petits soins avec moi. J'avoue qu'elle n'apprécie pas toujours, mais ça ne fait rien, je ne suis pas découragé pour autant.

Un gros chat pelucheux me toise de son regard bleu azur, d'un air de dire « passe ton chemin sac à puces ». Je le regarde et mon poil se hérisse, je crache et je file à l'anglaise. Je suis parti à la chasse.

Que vais-je pouvoir ramener comme cadeau à mon adorable humaine ?

88 Cadavre exquis – Vies de chats

Gabrielle

Pendant ce temps, Gabrielle se tortille dans tous les sens. Dans son ventre, elle sent des gargouillis. A-t-elle faim ? Ou est-ce tout à fait autre chose ?

— Je m'étire, je bâille puis je vais faire un petit tour dans la cuisine mine de rien, pour voir si mon humaine a rempli les gamelles.
Elle se retrouve nez à nez devant un grand bol de CROQUETTES, entend ses entrailles crier famine. Depuis combien de temps n'a-t-elle pas mangé ?
— Mais je n'ose y toucher. Je les renifle lentement, passe un coup de langue dessus, puis en croque une du bout des dents, pas mauvais, mais ce n'est pas la grande faim que je croyais.

Un haut-le-cœur se fait sentir. Je stoppe puis retourne à mon panier.

— Mon Dieu, il va devenir complètement abruti, il est tellement hypnotisé par son héros préféré qu'il n'entend pas ce qu'il se passe à l'extérieur, remarqua-t-elle à haute voix.

Soudain, ses oreilles se dressent : au loin, des GRONDEMENTS de bêtes sauvages, qui semblent provenir de l'arrière de la maison.
— Quels sont ces bruits infernaux ?
Inquiète, elle regarde partout dans la maison pour voir si Salem est dans les parages. Horrifiée : il n'est pas là.
Elle se met à miauler dans toute la maison, puis s'aventure sur la terrasse, la pelouse. Pas de réponse à ses appels.

Mon humaine en entendant des cris accourt vers moi affolée.

— Gabrielle, qu'y a-t-il ma belle ?

Lucifer n'avait absolument pas bougé de son perchoir. Rien n'émeut le pacha de la maison.

Mon humaine comprend vite la situation et elle se met à héler le nom de Salem, qui résonne partout dans le quartier.

— Où est-il passé ? J'espère qu'il rentrera vite à la maison avant la tombée de la nuit.

92 Cadavre exquis – Vies de chats

Salem

Salem se retrouve nez à nez devant un gros molosse trapu avec une mâchoire à toute épreuve qu'il a vue d'un peu trop près, cela lui en a frisé les moustaches, il en était moins une. Il aurait fini en amuse-bouche pour ce vilain chien s'il n'avait pu compter sur l'intervention d'un autre cabot tout noir.
Des grognements, des feulements, une bagarre de crocs mélangée de griffes.
— J'ai eu de la chance, le grand chien noir m'a attrapé par la peau du cou, je me suis laissé faire comme un chaton. Il m'a traîné jusqu'à une maison voisine à celle de mon humaine, en véritable héros, puis m'a déposé doucement au sol.
Devant la porte, Black aboie pour avertir de son retour.

Une jeune femme accourt vers lui. Je me cache derrière lui en tremblant. Elle me parle doucement, me tend la main, pour essayer de m'APPRIVOISER, mais je recule en feulant.

— Ne me touche pas, je ne te connais pas !

— Black, tu es revenu, qu'as-tu fait ? Tu t'es bagarré, tu as une morsure à la patte, mon chien. Allez viens avec moi je vais te soigner. Tu as sauvé ce pauvre petit chat des crocs de ce maudit chien d'à côté, j'en suis sûre. Tu es vraiment un bon chien.

Je vois le comportement de Black, il a l'air tout heureux avec elle. Il n'y a pas de quoi se méfier. Elle soigne son chien avec une attention et une tendresse particulières.

Dès qu'elle a fini avec son chien, elle se retourne vers moi. Je ne sens rien de bon, pourquoi me regarde-t-elle comme ça ?
Des mains gantées m'attrapent par le cou, et me transportent dans une salle blanche. Brrr ! Je me mets à grelotter. On me dépose dans un bac. Je passe au nettoyage, lavage, séchage, brossage. La cerise sur le gâteau: un massage. Mes petits COUSSINETS tout irrités sont aux anges.
Je suis passé au crible à la recherche d'une éventuelle blessure.
— Rhooo la la ! Que c'est divin de se faire chouchouter comme ça.
Puis elle me relâche, part dans la cuisine, j'entends des bruits de vaisselles et la chute de croquettes dans les gamelles, ce bruit est doux à mes oreilles.
— Ça tombe bien, j'ai une fringale.

Je m'approche lentement, je vois une ribambelle de gamelles par terre, bon sang, on est combien ici. On se croirait dans une ferme tellement il y a d'animaux.

Finalement, mieux vaut une VIE simple à la ferme et se sentir aimer, qu'une vie chic et superficielle avec des gens qui vous prennent pour des objets et à la moindre occasion vous abandonnent.

Il en faudrait plus sur terre, des humaines comme elle.

Chapitre 5

Lucifer

Depuis cet événement, mon humaine Agnès et Clarisse sont devenues amies. Et il se pourrait même que naisse une belle histoire d'amour entre Clarisse et Vincent.

Chez nous, depuis le voyage à Bali, les choses ont changé : Gabrielle et Salem sont devenus parents d'une portée de trois adorables chatons auxquels je me suis grandement attaché.
Ces cinq-là sont un peu comme mes enfants et petits-enfants. Je m'en sens responsable.
Dans quelques jours la petite grise et blanche, qui a ma préférence, va partir.

Clarisse l'a choisie, elle s'est dit que ce serait une douce compagnie pour Black, ce chien si protecteur.

Faut dire que Black, il s'attache souvent aux animaux que Clarisse ramène à la maison le temps qu'ils retrouvent leur propriétaire. C'était dû à son métier, elle était vétérinaire.

Clarisse

— Je suis donc l'heureuse maîtresse d'une jolie FÉLIDÉ que j'ai décidé d'appeler Saturne. Quelle joie d'apprendre que sans le savoir je lui ai donné le nom de la planète rattachée au Verseau !

La vie est une succession de belles synchronicités qui nous ouvrent le chemin, à condition d'ouvrir bien grand les yeux de son cœur, s'extasia Clarisse en regardant sa bouille d'amour sur son smartphone.

Depuis que Black a sauvé Salem, ma vie se colore chaque jour davantage. D'abord la rencontre avec Agnès, un vrai coup de foudre amical.

Et maintenant, pour cette adorable boule de poils née d'un croisement entre un chat

de gouttière et une belle blanche aux yeux vairons.

Dans quelques jours, elle pourra venir s'installer à la maison avec Black qui l'attend déjà avec une certaine impatience.

Au cours de mes différents passages chez Agnès, j'en profite pour créer du lien avec ma petite Saturne.

Entre elle et moi, très vite se sont instaurés des BAVARDAGES incessants. À nous entendre on pourrait se méprendre sur la réincarnation d'un humain décédé dans la peau de Saturne. Elle comprend tout.

Elle.

Vincent (entrant chez sa sœur gai comme un pinson)

— Agnès, ma chère Agnès, je crois que mes prières dans les différents temples de Bali ont été entendues.
Mais enfin ? Pourquoi ne pas m'avoir présenté Clarisse plus tôt ?
Je le sais, je le sens, cette femme est la femme de ma vie. Elle est la douceur incarnée, son regard me brûle et fait fondre mon cœur autant qu'il ravive mon désir que je croyais perdu.

102 Cadavre exquis – Vies de chats

Lucifer

— Je le savais ! Je devrais m'installer en tant que médium, c'est évident : j'ai des pouvoirs !

Je me glisse entre les jambes de mon humaine, la seule qui me comprenne, elle sait, elle, que je suis un génie.

Pendant qu'elle ouvre la bouteille de vin que son idiot de frère a ramené, je passe et repasse entre ses jambes en miaulant de façon particulière.
Il me semble qu'elle ne comprend pas ce que je cherche à lui dire, elle souffle, s'agace que je sois dans ses pattes et voilà qu'elle me chasse désormais !

Ni une ni deux sans que ce grand bêta ne s'y attende, je saute sur les genoux de Vincent et commence à pétrir son ventre !

Agnès

— Mais enfin Lucifer, que cherches-tu à me dire, je ne comprends rien ! Ahahahah ! Mais que se passe-t-il cher Lucifer ? Te voilà maintenant à pétrir le ventre de Vincent que tu avais jusqu'à présent en horreur !

Décidément, cette maison respire l'Amour depuis Bali, je garde espoir pour ce qui me concerne, tout semble être aligné pour que chacun rencontre son âme sœur…

Mon cher frère, je ne saurais que trop t'inviter à tenter ta chance avec Clarisse. Je te rejoins sur le fait qu'elle est la douceur incarnée. Je connais peu ses antécédents amoureux, mais je sais que sa

dernière histoire a été suffisamment douloureuse pour qu'elle prenne le temps avant de se lancer dans une nouvelle relation. Elle semble cependant prête à cela et je crois qu'elle n'est pas non plus restée insensible à ton charme.

Clarisse

Cela fait aujourd'hui six mois que Saturne est à la maison. Elle a atteint sa taille adulte et ses oreilles n'ont plus l'apparence d'oreilles de LYNX comme aux premiers mois. À croire qu'elle aurait pu être la fille de Lucifer.

Nous avons vraiment créé un lien particulier.

J'aime, lorsqu'au coucher ou encore au réveil, elle vient se glisser sous la couette et se positionne délicatement au creux de mon bras. Pour manifester sa présence, elle pose avec beaucoup de tendresse sa patte sur ma BOUCHE et attend que j'y dépose des bisous.

J'ai eu de nombreux chats de passage dans ma vie, mais Saturne est un félin à

part. Je crois reconnaître ma grand-mère maternelle par moment.

Cela me plaît de me dire que Mamounette aurait peut-être sa part de responsabilité dans mon bonheur. Car depuis le sauvetage de Salem par Black, je dois dire que ma vie se pare de rose et de paillettes chaque jour davantage.

Six mois qu'elle et Black sont les meilleurs amis du monde. Je le trouve plus fringant depuis qu'elle est là, lui qui commençait à manifester des signes de vieillesse se plaît à jouer avec elle. Ils sont la cause de nombreux rires que j'attrape les soirs où je suis seule.

Eh oui ! Je ne suis plus seule tous les soirs depuis trois mois. Le 9 a toujours été un chiffre important dans ma vie. C'est le

jour de ma naissance, celui de Saturne, mais aussi le jour où Vincent et moi nous sommes embrassés pour la première fois.
Après trois mois à me faire la cour de la manière la plus romantique qui soit, il a su me mettre en confiance et j'ai pu peu à peu rouvrir mon cœur.

Ooooh mais le temps passe et je dois me préparer pour fêter notre premier trimestre : nous allons dîner chez Agnès et je crois qu'elle a quelque chose à nous annoncer.

Saturne sent que je m'apprête à sortir, elle me suit partout dans la maison, faisant mine de ne pas voir Black qui essaye de jouer, car lui, aime se retrouver seul avec elle.

Je suis tellement heureuse de les voir si complices tous les deux. Mais lorsque je dois partir, j'essaye de ne pas le lui montrer, je reste le plus naturelle possible. Mais elle ne se laisse pas DUPER facilement et entend bien recevoir sa gourmandise.

Agnès

Oooh si vous saviez comme je suis stressée à l'idée d'annoncer à Vincent, Clarisse et mes enfants que je pars pour un mois à Bali… Encore !
J'espère que Vincent acceptera de venir s'installer à la maison durant cette période. Après tout, il ne pourra pas refuser de se rapprocher de sa Clarisse.
Cependant, comment vais-je leur annoncer que je retourne à Bali pour y retrouver un homme ?

Jeremy est si charmant et nous avons passé tant de temps au téléphone à nous raconter nos vies, nos espoirs et nos désespoirs, je pense qu'il me connaît mieux que mon propre frère, voire mieux que moi. Il a acquis cette sagesse et cette

sérénité que l'on retrouve chez les Balinais. Cela fait 15 ans qu'il est installé là-bas … pour étudier les chauves-souris! Eh oui! Et 2 ans qu'il est séparé de sa femme rentrée en France.

C'est peut-être une occasion inespérée pour moi de vivre ce rêve de vie à l'étranger avec un homme qui partage les mêmes valeurs que moi.

Mais ne t'emballe pas Agnès, attends déjà d'être là-bas et de vivre un mois à ses côtés.

Carpe diem ! Comme dit Jeremy.

Oh, ça sonne, sûrement Clarisse, elle est toujours la première.

Vincent (dans le lit de Clarisse au petit matin après la soirée chez Agnès)

— Si l'on m'avait dit que ce voyage allait révolutionner nos vies à ce point, je n'aurais jamais pu le croire !
Il m'avait semblé que ce Jérémy avait craqué sur Agnès, mais de là à ce qu'ils échangent depuis tout ce temps sans qu'elle ne nous dise rien ni à toi, ni à moi, je trouve ça fou. Agnès a toujours été secrète.
Clarisse, sourire aux lèvres :
— Je dois te dire quelque chose… Je le savais, mais depuis peu de temps.
— QUOI ? Vous m'avez fait des cachotteries !? Ne t'inquiète pas, je ne t'en veux pas, après tout, tu es l'amie d'Agnès avant d'être mon amoureuse.

Je pensais juste qu'elle avait lâché l'affaire avec cette chauve-souris renardtruc …
— Renard volant!
— Haaa oui! Maintenant que tu le dis …
— Te souviens-tu du symbolisme?
— Hmmmm … la renaissance!
— Tout à fait! ajouta-t-elle en le bécotant.

Saturne

Je n'aime pas quand il est là, lui car je n'ai pas mes moments câlins du matin avec ma Clarisse. Attends de voir mon gars, ne crois pas que tu vas t'en tirer comme ça, la place de choix au creux des bras de cette jolie nana, c'est la mienne.
Elle rentre sous la couette, tourne et retourne entre Clarisse et Vincent afin de se faire sa place.

116 Cadavre exquis – Vies de chats

Clarisse

Je comprends désormais d'où vient l'expression « dès potron-MINET ». Selon sa signification, il est question de « dès les fesses du chat » pour évoquer l'aube, le lever du soleil. Et c'est bien ce que je vis au quotidien avec cette demoiselle. Elle me montre ses fesses aux premières heures du jour, coupant ainsi mon sommeil !

Il semblerait qu'elle n'apprécie pas ta présence à mes côtés, mon cher Vincent ! Elle et moi avons nos habitudes de vieux couple tu sais.

FIN

Petit extra offert par Eugénia dont le français n'est pas la langue maternelle et qui relève le défi pour nous (et vous!)

Chapitre 6

L'épisode censuré durant le voyage à Bali ou "pourquoi nous n'avons plus jamais entendu parler de Thomas et Louna"

Tous les deux avaient bras et mains complètement griffés.Pour faire simple, dès que lui ou Louna bougeaient un doigt, Lucifer hérissait tout de suite ses poils pour passer à l'attaque.
Pendant les vacances d'Agnès, ils décidèrent de rester le plus souvent assis dans le canapé, pour éviter de l'énerver.

— Thomas, viens rapidement. Ne me laisse pas seule avec …lui!
— J'arrive, j'arrive, ma Louna. J'arrive. Je termine de remplir sa gamelle pour avoir quelques minutes de tranquillité.

Ah, Lucifer, il porte bien son nom, c'est la terreur de toute la région, calculateur, manipulateur, exigeant, avec un humour à couper au couteau, c'est un influenceur de première, 2 ou 3 selfies, et il serait la Star du net, il entraîne ses complices de crime à donner des griffures à tout va.

— Thomas ! lui miaule une voix. Comment appelle-t-on un chat, qui est tombé dans un pot de peinture, le jour de Noël ?

— Luuuuucifeeeer ! Je t'entends ?

Les yeux écarquillés, il comprend qu'effectivement quelque chose se passe avec ce Lucifer : ses complices rigolent en attendant la réponse à la blague qu'il vient de lui balancer.

— Perdu, répond Lucifer en un miaulement amusant.

Déguisé en cow-boy, un cosmopolitan à la main, Lucifer plié de rire, s'éloigne de Thomas en disant :
— C'est un chat-peint-de Noël.
Thomas n'en croit pas ses yeux, et ses oreilles encore moins d'ailleurs.

Thomas pose un regard inquiet sur Louna, dans l'autre pièce, qui semble s'amuser de la situation.
— Salem? Gabrielle? Mais qu'est-ce qui vous arrive?
Ils dansaient et s'amusaient, comme s'ils avaient fait ça toutes leurs vies de chats.
Boule à facettes au plafond, décoration tutti-frutti, sucettes saveur croquettes éparpillées sur la table, jus qui coulait des bouteilles, tableaux cassés, décorations par terre, un vrai champ de bataille.

Même ses souvenirs d'enfance étaient cassés, un drame.

Il ne se souvenait pas avoir bu la veille, et encore moins quelque chose d'aromatisé avec une potion magique.

C'est alors qu'il se sentit tiré en arrière par le bras, avec force.

Il se trouve main dans la patte de Gabrielle qui lui ronronne :

— Allez viens danser. Lui demande-t-elle sourire jusqu'aux oreilles et yeux rieurs.

— Mais… dit Thomas, incapable d'en dire plus.

— Et il ne fait que commencer, tu dois nous garder pendant tout leur séjour, miaule Gabrielle pendant que le reste de la compagnie chantait à tue-tête : « Il y a une boom dans l'salon, il y a une boom dans l'salon, il y a une boom, il y a une boom, il y a une boom dans le salon

d'Agnès. Et nous on adore ça, et nous on adore ça, car c'est une bonne camarade, car c'est une bonne camarade. »

Lucifer, position impeccable sur la boule à facettes : pattes écartées, dents en avant, oreilles pointues, visa bien et tomba juste ! Un seul coup suffit pour que Thomas fasse un énorme boum, et se retrouve écrasé par terre.
Il venait de faire le vol plané de sa vie.
— Thomas, réveille-toi, on va être en retard ! Thomaaaaaaassss… Ta mère nous attend, pour aller garder Lucifer.
— Aaaah non, ça ne va pas recommencer, répondit Thomas avec un ton plus haut qu'il ne devrait pas utiliser.
— Ohooooh, j'en connais un qui s'est levé du mauvais pied.

Réalisant qu'il avait juste rêvé, Thomas se lève en triple vitesse, se prépare, prend son petit déjeuner, plutôt… ravi.
Louna ferme l'appartement derrière lui et les voilà partis pour un séjour de folie.

Agnès les attendait, elle avait hâte de partir en vadrouille pour un moment de détente. À ses pieds, le beau Lucifer attendait impatiemment qu'Agnès les fasse entrer.
Il insista pour qu'elle le porte et le leur tende pour qu'ils puissent lui dire bonjour.
C'est alors que Lucifer tourne sa petite tête vers Thomas en miaulant :
— Alors tu as aimé notre soirée?
— Ah non pas ça…répond-t-il terrorisé, en dévisageant Lucifer.

Thomas tombe à la renverse.

— Voyons Thomas, calme-toi, dit Louna en pouffant. Mais qu'est-ce qu'il t'a fait ce pauvre chat ? Depuis ce matin, j'ai l'impression qu'il veut me dire quelque chose et il n'y arrive pas, dit-elle en regardant Agnès. Hodie acquiesça en aboyant.

Un pied devant l'autre, tremblant, il approche du salon, s'assoie et essaie de se détendre, quand, un instant plus tard, il sent une chose parcourir sa tête, sa peau s'hérisse, son cœur s'emballe. Il entend derrière lui une voix :
— Thomas ? Tu m'écoutes ? Viens manger.
Il se lève tranquillement en calmant ses émotions, OUF ce n'était que Louna.

Il reprend ses esprits et se rend compte qu'Agnès a filé depuis plusieurs heures, les laissant seuls avec la faune locale, et Hodie. Soudain, une seconde voix lui dit :
— Bon appétit, Thomas chéri, susurra Lucifer en enroulant sa queue panachée autour des pieds de la chaise.
— MIAOOOUUUU, fit Gabrielle en s'étirant. Louna veut faire le sapin aujourd'hui, …
— Non, c'est une blague ? Et moi qui pensais que j'allais avoir une journée sans drames, et le cauchemar continue…

FIN

127 Cadavre exquis – Vies de chats

A VOUS DE JOUER !

Partie pratique

130 Cadavre exquis – Vies de chats

RECREATURE - CHALLENGE D'ECRITURE CREATIVE

Quels sont les prérequis pour participer à ce challenge?
Aucun!
Le principe étant de vous accrocher et d'écrire pendant 28-29-30 OU 31 jours de suite en fonction du mois pendant lequel vous participez, quel que soit votre style ou votre envie, l'important est d'y consacrer quelques minutes tous les jours et de publier votre création en mode public sur un réseau social ou plusieurs.

Je passe souvent déposer toutes les communications importantes, j'ai publierai également les phrases qui

ont été le plus « likées » sur les réseaux sociaux. Si vous souhaitez participer au challenge et être tenu informé, il est encore tant de vous abonner à la newsletter de www,evartcademie,com.

Petit rappel :
— 1 mot par jour
— 1 phrase de max 280 caractères
— 1# = #recreature
— publication en mode public sur le réseau social de votre choix

C'est parti les ami.es!
Lise
(Mademoiselle Séraphine)

Voici la liste de mots créée sur le thème du chat

Challenge d'écriture créative
SUMMER- 2023 -Récréature-

Liste des mots - août

1. IDEE
2. ENROUE
3. VAIRONS
4. MIAULER
5. ANGORA
6. GRIFFER
7. BALI
8. RENARD
9. POCHE
10. CHIEN
11. DIALOGUE
12. MÂLE
13. FOUETTER
14. MUSEAU
15. RACE
16. RONRONNER
17. PAMPA
18. FERME
19. SIAMOIS
20. CROQUETTES
21. GRONDEMENT
22. APPRIVOISER
23. COUSSINETS
24. VIE
25. FELIDE
26. BAVARDAGE
27. LYNX
28. BOUCHE
29. DUPER
30. MINET
31. MIAOU

Pour les réseaux sociaux : #recreature
Max 280 caractères par mot

Eveil & Vous
Editions

www.melleseraphine.net- https://eveiletvouseditions.com/

133 Cadavre exquis – Vies de chats

MARIE GILLIAN
MARIE-HÉLÈNE LE MOUEL
CHRISTINE OOU
FANNY LE ROUIERY
STÉPHANIE DESBONNET
MADEMOISELLE SÉRAPHINE

Vies de chats

Vies de chats

MARIE GELLAN
MARIE HELENE LE MOUEL
CHRISTINE ODE
FANNY LE ROUHET
STEPHANIE DESBONNET
MADEMOISELLE SERAPHINE

135 Cadavre exquis – Vies de chats

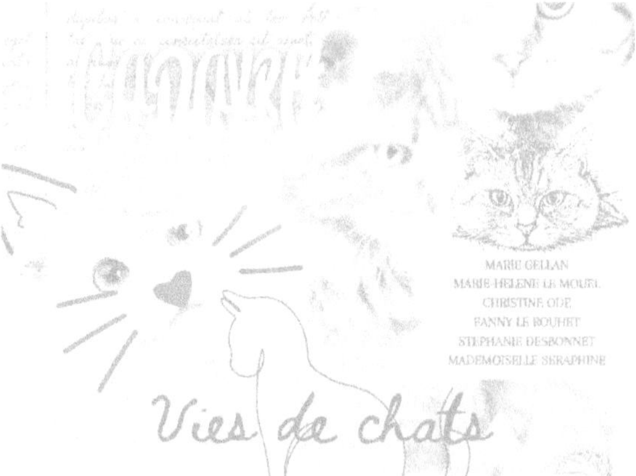

MARIE GELLAN
MARIE-HÉLÈNE LE MOUEL
CHRISTINE ODE
FANNY LE ROUHET
STÉPHANIE DESBONNET
MADEMOISELLE SÉRAPHINE

Vies de chats

Vies de chats

MARIE GELLAN
MARIE-HÉLÈNE LE MOUËL
CHRISTINE ODE
FANNY LE ROUHET
STÉPHANIE DESBONNET
MADEMOISELLE SÉRAPHINE

137 Cadavre exquis – Vies de chats

Vies de chats

MARIE GELLAN
MARIE-HÉLÈNE LE MOUEL
CHRISTINE ODE
FANNY LE ROUHIT
STÉPHANIE DESBONNET
MADEMOISELLE SÉRAPHINE

Dans la même collection

RECREATURE 2020

Confinée avec une Perlette de quatre ans sans jardin (Lise Larbalestrier)
Les gracieuses tribulations d'une brouette (Gracieuse Robert)
Un été d'enfer (Lise Larbalestrier)

RECREATURE 2021
Inghen (Françoise Bernard)
Les gracieuses tribulations d'une fourchette (Gracieuse Robert)
Wistman's Wood (Les sibyllines aventures de Scarlett Lineti)
Cupcake fever (Lise Larbalestrier)
69, Clipper Lane (Thalie Gri)

RECREATURE SUMMER 2021
Millefeu et la spirale de l'escargot (Lise Larbalestrier)
Les gracieuses tribulations d'une biquette (Gracieuse Robert)
Vies multiples (Magali Malbos)
Les rêves d'Aymeline (Karine Feather)

RECREATURE ORIGINAL EDITION 2022
Ysaline la guérisseuse (Selena D.)
Madame Eugénie (Gracieuse Robert)
Millefeu begins (Lise Larbalestrier)
Le sort en est jeté (Christine Ode)

RECREHALLOWEEN
Chroniques d'Halloween tome 1
Chroniques d'Halloween tome 2
Les lapins redoutables (Lise Larbalestrier)

RECREAVENT
Juste avant Noël
La Féerie de Noël
Les étoiles de l'Avent
Juste après Noël

ROMANS INITIATIQUES
Adénora (Selena D.)
Coraline (Selena D.)
Eveil & Vous : Récits d'un éveil tome 1 & tome 2 (Lise Larbalestrier)

De l'étoile à la Source (Patricia Profault)

CADRAVES EXQUIS

Vies de chats (Summer 2023)

Malicia (inspiration Alice)

143 Cadavre exquis – Vies de chats

Cadavre exquis – Vies de chats